핸드폰 속에 거미가 산다

핸드폰 속에 거미가 산다

—

초판 1쇄 2024년 11월 15일
지은이 장은수
펴낸이 김영재
펴낸곳 책만드는집

—

주소 서울 마포구 양화로3길 99, 4층 (04022)
전화 3142-1585·6
팩스 336-8908
전자우편 chaekjip@naver.com
출판등록 1994년 1월 13일 제10-927호
ⓒ 장은수, 2024

—

—

ISBN 978-89-7944-884-9 (04810)
ISBN 978-89-7944-354-7 (세트)

책 만 드 는 집 　시 인 선 2 5 2

핸드폰 속에 거미가 산다

장은수 시집

책만드는집

날이 선 강바람이
강물을 들썩이면

새들의 빛바랜 무늬가
귓불에 젖어 들어

에굽은 노을 한 자락
여기 풀어놓습니다.

2024년 11월
장은수

| 차례 |

2부

3부

4부

5부

1부

타래붓꽃

저녁놀 바위틈에
울컥대는 해거름에

흙의 속살 말아내듯
꽃망울이 몸을 튼다

눈 시린
고 작은 풀꽃
또 봄을 앓는다

소금인간

내 가슴 깊은 곳에
소금 창고 짓고 싶다

식어가는 심방마다
왕소금 뿌려가며

거품 문 세상을 향해
파도 소리 되작이며

꽃차

물관부가 막혔는지 피돌기를 멈췄는지
계절을 열던 꿈이 목젖에 걸려있다
소나기 어둠을 안고 정체된 길 위에서

일자리 마감 치는 바이러스 휩쓴 자리
하루가 천 년 같다는 사내의 목쉰 소리
금계국 노란 향기 물고 또 하루를 닦는다

두 주먹 불끈 쥔다고 강물을 건너뛸까
뒤틀린 꽃길 너머 저벅대는 저 발소리
놀 번진 저녁 하늘이 찻잔 속에 잠긴다

마스크의 안쪽

얼굴에 복면을 한 사람들이 서성댄다
숨소리만 주고받는 아파트 엘리베이터
층층이 섬이 된 집들
서둘러 빗장 건다

사각의 공간에서 목울대에 걸린 시간
이빨로 끊을 수 없는,
하얀 벽 그 앞에서
끝내는 참지 못하고
비말을 뱉어낸다

마주치면 미소 짓던 한때의 이웃들이
마름모꼴 눈을 하며 뒤로 한발 물러설 때
숨죽여 깍지 낀 봄이
꽃샘추위 몰고 온다

거리 두기

가쁜 숨 몰아쉬는 재갈매기 한 마리가
혀끝을 당겨 물고 바위틈에 웅크렸다
몸 낮춘 소낙비 소리 토닥이다 지나간다

바다 복판 솟구치는 굶주린 고래처럼
파도의 등을 타고 몰려오는 바이러스
무증상 푸른 증후군 소문들이 출렁인다

땅과 바다 경계 너머 중심이 흔들릴 때
열꽃처럼 피는 노을 물마루로 번져가고
바사삭 부서진 일상 병명처럼 읽고 있다

핸드폰 속에 거미가 산다

지하철 환승 통로 계단 바삐 내려갈 즈음
누군가 내 손을 툭 치고 지나간다
엇갈린 몸과 몸 사이 핸드폰의 비명 소리

폰 속엔 언제부터 거미가 살고 있었나
액정화면 가득 덮은 새하얀 거미줄들
세상사 얽히고설킨 그 무엇을 증거하나

금이 간 틈새 너머 풍경도 깨져 보이고
주고받는 말과 글도 굴절된 허상 앞에
아득한 미로에 빠져 가는 길을 잃었다

첫눈

낙엽이 바스러지는 산모퉁이 휘휘 돌아
들쑥날쑥 어긋나 있는 하늘이 젖어간다
후투투 날아오른 오리
피라미를 입에 물고

물에 젖은 날갯죽지 앙다문 부리 틈에
스며드는 눈꽃 송이 줄무늬가 새겨진다
갈숲도 몸을 낮추어
칼바람에 맞서고

비릿한 콧김마저 하얗게 멈춘 오후
강둑 너머 흔들리는 코코넛 가루 같은
빈 하늘 구부러진 끝자락
뿌옇게 흔들린다

호랑가시나무

해 설핏 기운 오후 숲속의 사내들이
손들고 눈 감아도 나를 향해 총 겨눈다
금구원 조각공원에 노을이 드리울 때

선홍빛 열매 위에 꽁지깃 맞대고서
꿈틀대는 애기노린재 초록을 데우는가
불땀을 일으킨 하늘 화재 진화 중이다

온종일 초록에 갇혀 그늘만 키운 등걸
송곳 같은 부리 세워 쪼아댄 아린 가슴
향기로 무르익은 과육 날개 펼쳐 품고 싶다

청둥오리 날갯짓

뒤뚱뒤뚱 가슴 죄며 사는 것이 불안하다
구름 위로 올라볼까, 땅굴을 파야 할까
호수의 황갈색 낯빛 죄 없이 죄가 크다

허공을 움켜쥐다 숨이 찬 저 날갯짓
일다 만 파문처럼 물의 살만 찢어놓고
저무는 석양 아래서 눈빛 붉게 젖는다

무성한 갈대숲엔 접도구역 비碑가 서고
청동빛 속울음이 바람 따라 흩날릴 때
까맣게 하늘을 덮는 땅거미가 보인다

두꺼비 하피첩

등 굽은 허기 위로 가을 햇살 꼬물댄다
혀끝에 꽃잎 앉힌 두꺼비 한 마리가
저 홀로 불타는 욕망 강물에다 흘릴 때

이글대는 노을 앞에 목덜미를 부풀리고
바람이 몸을 꼬면 이슬에 젖는 눈빛
어룽진 빛의 줄기가 상형문자 그린다

붉어진 그리움이 주름 잡힌 하늘 한쪽
눈과 귀에 휘감기는 물소리를 듣다 말고
구름도 치마를 펼쳐
긴 편지를 적고 있다

갈매기를 읽다

전생에 어머니는 갈매기로 사셨던가

온몸이 흠씬 젖는 다도해 파시에서

하루를 열어젖히는 윤슬에도 젖어가며

붉어진 눈시울이 까치놀로 지는 바다

갯바위 닦듯 핥듯 일렁이는 하늘 아래

한평생 바다만 도는 날갯짓이 눈부시다

비빔밥

푹 퍼진 아침 햇살 수저에 얹다 말고
바람 휑한 밥상 위를 바라보는 눈이 있다
허리 휜 야윈 콩나물도
국물 속에 잠겨있다

둥그런 대접 속에 김치며 나물 몇 점
이불처럼 두루 펼쳐 쌀밥 위에 덮어두고
지나간 모든 낮밤을
사정없이 버무린다

쓰든 달든 맵든 짜든 움직이는 입맛 따라
세상사 인정마저 그렇게 변해가는지
힘겨운 숟가락 위로
봉분 하나 놓인다

사막 탈출

낙타의 등을 타고 고비사막 들어선다
언덕을 넘어가면 다른 세상 있을 거라고
바람이 속삭인 말이 하르르 구른다

움켜쥔 손을 따라 발목까지 차오르는
황금색 모래알이 태양을 굽는 시간
무저갱 샌드아트 속 우두커니 홀로 선다

밤하늘 언저리가 하얗게 물이 들고
그 방에 빗장 걸고 모래탑만 쌓던 내가
오롯이 화판 밖으로 한 발을 내디딘다

화살나무

먼발치 산자락도 초록 옷을 내려놓고
숨겨뒀던 속살을 적나라하게 드러낸다
고단한 노동의 뒤풀이,
축제의 시작인가

아래위 훑어보면 크고 작은 이야기들
어디로 가려는지, 누구를 겨누는지
허리에 날개를 달고
산을 태울 기세다

가을과 겨울이 팽팽하게 맞선 순간
촉을 세운 바람 앞에 애면글면 기는 햇살
미지의 과녁을 향해
비상을 준비한다

가뭄

가뭄이 몇 달 들어 이슬마저 말랐는가
작열하는 태양 아래 논바닥은 금이 가고
불꽃이 일 것만 같은
산자락이 위험하다

먼지 쓴 돌장승도 하늘을 우러른다
얼마나 더 기다려야 수맥을 찾으려나
스치는 바람 소리가
물소리로 울려온다

2부

낡은 구두

버겁게 딛고 가는
힘겨운 삶의 무게

한 생을 받쳐주던
신음도 잦아들고

편안히 영면에 드는
신발장 속 내 분신

너와 함께 걸어왔던
수많은 길과 길들

쌓이는 먼지 속에
발자국이 지워져도

주름진 거죽 너머로
까만 코가 빛난다

이슬 사다리

가슴밭 모퉁이에 살포시 내려앉아
낯선 땅 너덜겅에 촉을 틔운 홀씨 하나
피부색 서로 달라도 마주 앉은 초등교실

머나먼 메콩강 변 뛰어놀던 저 코시안*
바나나 야자수를 이젠 볼 수 없다 해도
새콤한 김치 냄새로 새날을 덧칠한다

경운기 올라타고 아침을 맞는 들녘
풀잎 끝 이슬 사다리 가만가만 부여잡고
새까만 눈동자 속에 해를 주워 담는다

* 한국인과 동남아시아인 사이에서 태어난 자녀를 부르는 말.

바늘구멍 꿰는 가을

백치가 환히 웃듯 가로등이 점등되고
비닐 덧댄 길모퉁이 구부정 굽은 허리
허기진 해름 녘 너머
개밥바라기별이 뜬다

긴 불경기 반토막 난 일자리를 찾는 행렬
온종일 다리품 팔고 빈손으로 모여들어
꼬리 문 밥퍼* 줄 끝에
가랑잎으로 펄럭인다

손사래 담쟁이넝쿨 점점 길어 휘어진다
바늘귀 꿰는 실처럼 순하게 고개 숙인 날
떨리는 수저를 드는
식물성의 둥근 시간

* 참사랑 실천과 나눔의 문화 정착을 위해 소외된 이웃에게 식사를 제공하는 밥퍼나눔운동.

소파를 청소하다

어둠 속에 옹송그린 독거 생활 시간 저편
오래전 미라처럼 그 흔적 더듬지만
녹이 슨 벽시계 초침이 헐떡이며 가고 있다

이리저리 부대끼는 생존의 시간들이
내 몸 안에 새겨놓은 얼룩들을 그러안고
길 없는 비탈에 서서 삶의 더께 지운다

주름진 손의 지문 소파 등에 선명한데
적막한 동심원에 섬 한 채를 끼워 넣어
함께 흰 물 빠진 황혼 움푹 꺼진
늙은 시간

비설거지

그예 그 소나기를 한줄금 뿌리려는지
금적산 등마루가 침침하니 뿌예진다
한 달째 쑤시는 허리
아버진 혀를 차신다

하늘이 빛을 걷고 땅이 잠시 어둑할 때
내 안의 축축한 길 닦아주던 두꺼비 손
안개도 걷히다 말고
세상을 내려다본다

멍석에 널어놓은 참깨를 퍼 담고 나면
먼 산의 실루엣이 희끗희끗 밀려오고
해거름 흔드는 바람
비설거지 한창이다

양파꽃

연사흘 비 내린 뒤 훌쩍 자란 푸성귀들
살구색 셀로판지 속 커튼 같은 껍질 벗고
도마 위 희고 연약한 낮달 한 채 돋는다

허공에 제 몸 살라 툭툭 튀는 알갱이들
층층이 껍질의 침묵 둥글게 쌓고 있다
눈물샘 찌르는 향기, 놀빛마저 어룽진다

조밀한 생의 안쪽 맵싸하게 채색하고
지구의 중심축에 탑이라도 쌓는 건가
이 저녁 아내 얼굴이 꽃으로 피어난다

쇠물닭

온몸 던져 뛰어든다, 피라미 한입 물고
긴 목을 내두르며 부르르 떠는 한낮
팽팽한 푸른 낚싯줄 부리를 옭아맨다

허기진 목구멍에 걸려있는 세상 미늘
노을의 핏덩이가 호수를 물들일 때
푸드덕 날개 터는 소리 수면을 치고 간다

몇 날을 굶주렸다 잘못 삼킨 먹잇감을
게우고 토하려고 찾아가는 갈대숲에
하늘도 목이 아픈지
피를 왈칵 쏟는다

빈 둥지 별사別辭

먼지 쓴 사초史草들이 넝마처럼 쌓여있다

북쪽 벽 더 두껍게 큰 가지로 둘러싼 집

기우뚱 무게중심이 겨울 쪽으로 기운다

아이들 다 뿔뿔이 떠나버린 빈 둥지엔

온기 식은 쪽방마다 찬 바람이 들이치고

저녁놀 붉은 주름이 커튼마냥 걸린다

목포, 파시 한판

환한 불빛 어둠 걷는 목포항구 파시 한판
어룽진 바닷빛이 똬리 튼 새우 등에
싸늘한 얼음꽃 떨기
좌판대를 덮고 있다

푸른 멍울 앙가슴을 해조음이 다독여도
아가미 속 수런대는 바람도 토막 낼 때
어시장 껍질을 벗는
뼈 하나를 세운다

갈 곳을 모르는 듯 널브러진 상자 너머
가진 것 다 내주고 한 땀씩 쌓아 올린
상아탑 돌난간 위로
아침이 밝아온다

어스2

디지털 공간 한쪽 둥근 지구 쏘아 올려
대륙도 바닷물도 사고팔 수 있다네요
지구촌 평균 땅값이 100m²당 0.1달러

바람이 삐걱대며 차별화를 시키더니
미국 땅은 50달러, 한국 땅은 10달러
세상이 장난 같지만, 주책없이 진지해요

에펠탑 꼭대기에 등기소가 문을 열고
쪽빛 행보 잠시 멈춘 허물어진 폼페이에
활화산 검은 연기가 섬과 섬을 안고 있죠

백두산 천지 물이 이랑마다 앓는 소리
어금니를 깨물면서 진검승부 펼치나요?
온종일 마우스 안쪽 메타버스 누비면서

초대

동백이 봄의 해안 붉게 밀어 올리듯이
늦은 별밤 부서진 파도의 울음 따라
가로수 검은 가지를 끌어안고 너는 오겠지

칼바람과 짙은 운무 투명한 얼굴 내밀고
칼국수를 끓이려고 주방을 서성댄다
어느새 하얀 밀가루가 손톱 새로 파고든다

부드럽고 위태롭게 둘러앉은 두레상에
트로트 한 소절을 나도 몰래 훔쳐 왔네
시인이 떨어뜨리고 간 술잔 속 불꽃인 양

실낱같은 눈썹달로 떠오르는 하늘 한쪽
불사조 날갯짓을 꿈결처럼 더듬어갈 때
남청색 코트 자락을 펄럭이며 새벽이 온다

뭍으로 오는 배

희미한 어둠 속에
놓여있는 조붓한 길

파도에 흔들리는 몸을 가눠 세운 배가
집어등 깜박거리며
뭍으로 오고 있다

폭풍우 가로지르는 어둠의 귀퉁이에서
흐린 눈빛 담금질로 재촉하는 삶의 행로

갈퀴손 작달바람이
지친 등을 밀어준다

파도의 음계

해 질 무렵 갈매기가 장음계로 길을 낸다
파도를 다독이듯 내 정수리 쓰다듬듯
먼 도시 아들 소식을
철썩철썩 들려주며

허공을 붙들고서 윙윙대는 동백나무
검푸른 잎새 사이 음표 튀는 가지마다
헐렁한 적삼 앞섶에
얼룩 지도 마른다

내 삶의 언저리에 얼굴 가린 그 순간을
다시는 되풀이 말자 손사래로 다짐하며
하루를 마름질한다
밀려오는 해무 앞에

패랭이꽃

자욱한 미세먼지 봄을 밀고 달리는 날
볕 아래 몸을 데운 꽃술들이 기지개 켠다
여름의 문턱을 넘는
이 허기는 무엇일까

지상의 기를 달 듯 우듬지 추켜들고
치마꼬리 살랑대는 바람의 길을 따라
가녀린 꽃대를 세워
누굴 저리 기다리나

울긋불긋 꽃잎 위에 스란치마 펼쳐놓고
그리움에 목이 말라 하늘 한끝 응시하는
패랭이 열뜬 시간이
초록 물에 젖고 있다

첨성대

별밭을 이고 있는 허허벌판 돌탑 하나
사는 게 전쟁 같아 앙상히 드러난 뼈
세상에 접고 펴던 하늘
허물만 남아있다

옛 왕조 다독이는 햇살을 그러안고
너울치는 잔디 언덕 요철의 무덤마다
내 안에 박힌 글들이
탑을 자꾸 쌓는다

난생처음 저장해 둔 은하수 강물 너머
지상에 떨군 이름 시나브로 지워질까?
불 밝힌 작은 별 무리
탑돌이를 하고 있다

3부

다슬기

바람이 뒤척인다, 홍천강 긴 숨소리
강물이 제 몸을 들썩일 때마다
내 몸도 가볍게 떨며
긴 밤을 기다린다

햇살을 밀고 끌며 흘러가는 거친 물살
혼곤한 저녁 강에 파문처럼 놀이 진다
바닥을 벗어날 길은
물속엔 없나 보다

바람이 잦아들길 기다리는 건 아니다
충혈된 더듬이 세워 돌 밑을 기어 나와
태곳적 달빛 한 줄기
몸에 품고 싶은 거다

제자리 섬

명치쯤 가둬놓은 눈물 호수가 있습니다
봄이 오면 물이 올라 꽃그늘도 환한 둘레

소나기 훑고 지난 뒤
무지개도 뜨지요

바닥 모를 푸른 물속 보름달이 얼비치듯
실핏줄 돌려세워 성을 쌓은 암 덩어리

헐벗은 여백 속에서
푸른 섬이 솟아나요

숫돌처럼 지나온 길 그 마음도 녹이 슬어
배꼽과 배꼽 사이 봄 길을 열고 싶어

불멸의 침묵하는 섬
침목들을 놓습니다

흰 소*

맨 처음 고삐를 잡은 농부는 누구일까

고명처럼 얹혀 온 길 세월을 걸쳐 입고

희붉은 코와 입 둘레 거친 숨결 몰아친다

힘겹게 디딘 걸음 이 순간이 버거울 뿐

한평생 똥밭에서 뒹구는 쇠똥구리처럼

한숨도 땅 꺼지도록 힘 있을 때 뱉으란다

거죽 위로 돋은 뼈가 뿔이 되어 솟아날 즈음

온몸의 허기를 털고 바라는 물 한 모금

온 들판 비가 내린다, 초록 펄펄 살아난다

* 서양화가 이중섭(1916~1956)의 유화 작품(1954년).

아내의 계급장

미나리 썰어 넣고 마늘도 다져 넣으며
아내가 주방에서 하루를 끓이고 있다
살 오른 민어 한 마리 고춧가루 분 바르고

알싸한 매운 기가 온 집 안을 떠돌아도
틀어진 후드 안쪽 건조해진 동굴 안엔
사하라 모래바람만 공명하듯 뒤챈다

길 잃은 구름들이 엿보는 창문 너머
막혀버린 입속 우물 다시금 뚫기 위해
덜 덜 덜 공포에 떠는 냄비 뚜껑 살큼 연다

왕숙천

달까지 자리를 편 냇물 온통 새하얗다
어명이라도 받은 걸까, 잡초들 부복한 채
한 계절 돌아서 품는
푸른 바람 출렁인다

지난날 빗장 푸는 머리 검은 새 한 마리
허구한 날 무릎을 절며 물 흐름 살펴보고
천변길 돌계단에 앉아
무슨 야사 새기는지

슬리퍼 벗어놓고 맨발 적셔 물에 들어
경적 소리 빵빵대도 피라미 쫓는 아이들
때로는 한강 물도 와서
허리 굽혀 읍하겠다

모감주, 모감주나무

기다란 팔 내밀어 그러안는 햇살 한 줌
산모롱이 돌아오는 등골 시린 그날처럼
연초록 잎맥을 따라 녹색 뼈를 세운다

시간 벽 허물듯이 톱니바퀴 벼린 날 끝
짙푸른 잎새들이 배를 확 뒤집을 때
천 년 전 그 바람 몸짓 화두를 놓지 않고

새소리 쫓다, 쫓다, 잠들어도 좋으련만
나이테에 감겨 우는 먼 절집 풍경 소리
칠월의 노란 꽃떨기 염주 알을 굴린다

위도 신 선장

바다에 무대 차린 위도의 선장 신 씨
갱쇠바람 콧노래에 파도가 출렁대자
통통배 물마루 위로
춤동작이 시작됐다

그물에 지느러미가 걸린 줄도 모르고
뱃머리에 끌려 나오며 꼬리 치는 우럭우럭
소금 알 하얗게 물고
해를 향해 눕는다

섬과 섬 뱃길 잇다 꽁지까지 잘린 채
트로트 꺾인 음표 만선기로 펄럭일 때
뱃머리 딱 버티고 선
그가 바로 바다다

그날 아침

양철지붕 난타하던 빗방울이 물러가자
낙숫물 듬뿍 받아 찰랑해진 물동이에
부스스 머리가 풀린 구름 몇 점 떠다닌다

총총 놀던 참새처럼 늦잠의 싸한 보루
"씻고 핵교 가야지, 벌건 해가 중천이다"
엄마의 날 선 목소리 아침 햇살 흔든다

책 보따리 둘러메고 논둑길 달려갈 때
젖은 엄지발가락 고무신 코 비집고 나와
땟국물 뒤집어쓴 채 방귀 소릴 내고 있다

명자, 명자꽃

탱자나무 울타리 밑
햇살이 이운 자리
더부살이 골방 처녀
응어리로 남아있던
지난봄 그늘의 기억
눈자위가 발갛다

가만히 그녀 앞에
노을빛이 다가설 즈음
콩콩 뛰는 앙가슴 속
꺼내보는 작은 속내
하늘가 괴발개발 시화,
꽃물로 번져간다

봄, 칸타빌레

오백 살 느티나무 하늘을 감아쥐고
허공을 내리친다, 낭창한 채찍 소리
바람을 다스리는가, 투명한 파문 인다

수십 년 튀지 못한 어둠이 꿈틀댄다
귓가에 얼찐대는 거리 소음 밀어내면
봄비에 자라난 시詩가
울끈불끈 솟는다

단풍의 뒷모습

한 가닥 햇살마저 받아 들기 버거운 몸

비우고 덜어내야 이 가을이 가볍겠다

가을비 소슬한 저녁

번져나는 붉은 멍

겨울 파일

지상으로 날고 싶어 단애에 앉은 새
남섬의 꼭짓점에 뿌리박힌 만년설을
산맥을 휘감아 돌며 혼자서 견뎌낸다

할 말을 꾹 참고서 무던히도 참아내며
허리춤을 훔켜쥐고 폭설을 참아내도
어둠 속 빙하의 길이 지상으로 치닫는 밤

정수리를 짓누르며 한평생 벼린 언어
호수에 빠진 달덩이 몸을 씻어 훤해질 때
계곡을 울리는 소리, 생명이 깨어난다

부서진 삶의 조각이 파일을 다독이며
눈사람 서있듯이 곱은 손이 시려오면
하늘가 햇살 한 줌이 압축을 풀고 있다

새끼발톱

거실에 쪼그려 앉아 발톱을 깎다 말고
발등에 눈물 한 방울 남몰래 툭! 떨군다
멍이 든 새끼발톱에
돌멩이가 박히듯

무거운 몸뚱이로 세상 길목 떠받치고
이지러진 온박음질 그 내력을 읽어간다
지금껏 달려왔는가
내려앉아 짓무른 발

겨울이 아침 창가 성에꽃 피워낼 때쯤
비좁은 골목 안쪽 오롯이 갇힌 남자
돌 속을 비집고 나온 나비
바람 설법 듣는다

너도바람꽃

빗방울에 눈뜬 새싹 꽃망울 문을 열고
고부라진 머리칼을 함초롬히 적시는데
차가운 아침 손길이 앞섶을 풀고 있다

하늘과 땅이 맞닿은 부스스한 아차산
굳게 잠긴 빗장 풀고 그려낸 동심원에
자동차 바퀴 소리가 날카롭게 꽂힌다

무던히도 놀린 붓끝 초록을 풀어놓고
누구를 만나더라도 적막한 산이 된 꽃
물 위로 내려온 하늘, 찻잔 속에 잠긴다

캘리그래피 억새밭

스산한 바람들이 몸을 떠는 긴 겨울밤
억새 무리 붓을 세워 허공을 젓고 있다
간간이 눈발이 치는
희끗한 여백 위로

괴발개발 흘림체로 써 내린 관념의 붓질
메마른 낡은 세월 애무하듯 다독여도
난해한 그 상형문자
획이 너무 가볍다

아직도 탈고 못 한 비밀스러운 문장인가
쏟아지는 불립문자 억새밭에 묻어놓고
포르릉 날아오른다
수천수만
새 떼들

4부

종이 침실

밤이면 각을 세워
종이상자 접힌 자리
노숙의 별빛들이
대문 앞에 터를 잡고
차디찬 바람에 맞서
앙가슴을 내민다

할퀴이고 찢어진 채
폐지처럼 뒹구는 삶
동화 속 종이 집이
한 채 두 채 일어설 때
저택이 따로 없구나,
두 다리 쭉 뻗는다

귀여섬*

물안개 펄럭이는 섬
처음부터 혼자였어
앙다문 입술 깨물며 손을 재차 흔들어도
못 본 척 멈추지 않고 흘러만 가는 물길

날마다 쏟은 눈물
그도 이젠 말라가고
떠나간 그의 모습 행여나 나타날까 봐
고개 쑥 빼문 버들에 등을 가만 기댄다

물에 뜬 연잎 위를
구르는 물방울처럼
또르륵 눈물방울 굴리는 사람들아
누군가 문득 생각나거든
여기 와 같이 울어요

* 경기도 광주시 귀여리 팔당물안개공원.

마장호수

볼을 맞댄 물방울이 호수를 키워왔나
바람에 쏠린 갈대 둔치를 베고 누워
옛 시절 추억하는 듯
모난 세월 들춘다

수상자전거 꼭 잡은 손 놓고도 싶었겠다
햇살이 나른하다고 바람까지 자진 않지
겹겹이 커진 주름살
수면 위로 번져간다

물에 빠진 구름들이 물비늘로 파닥여도
손님처럼 내려앉은 황갈색 단풍잎이
윤슬에 앞섶 적시며
왔던 길을 돌아본다

자라섬

보낼 것 다 보내고도
남은 것이 또 있었나

구절초 꽃대를 꺾은
지난날 씻지 못해

놀빛에
볼 붉힌 섬이
목을 바짝 움츠린다

팥배나무 아래서

다시 선 아차산성 옛 이름들이 맺혀있다
푸르락 붉으락 하는 가을 숲의 눈동자들
나무도 갑옷을 벗고
먼 하늘을 찌르고

무너진 성곽 길을 행진하는 병사처럼
날아든 비보 안고 무던히도 견딘 시간
평강의 입매도 같은 꽃차례가 얼비친다

허천뱅이 가슴속에 피워 문 붉은 열매
돌 속의 그림자가 바람에 몸을 씻을 때
누군가 저녁 강물에
노을을 풀고 있다

한탄강 주상절리길

은하수교 가로질러 여울길 따라간다
쪽빛 하늘 내려앉은 한탄강 가슴 안쪽
강물에 깎이고 파인 웅덩이가 보인다

깎아지른 벼랑 위로 살아서 꿈틀대는
태곳적 신화 위로 철새들이 날아들고
너와 나 머문 자리에 다시 또 피가 돈다

바람에 실려 오는 그때 그 울력 소리
현무암 뚫지 못한 애잔한 메아리가
수만 년 시간을 건너 산수화를 펼친다

반룡송*

백사 들판 풀숲에 어우러져 사는 동안
후들후들 솔가지는 너나없이 늘어지고
세상사 등허리에 업고 숨소리가 휘어진다

태생을 원망하면 제 몸 하나 못 가눌 듯
너덜겅 한구석에 철퍼덕 주저앉을 때
애끓는 기침 소리마저 참아내는 붉은 뼈

시간이 지날수록 용 비늘이 굵어진다
사방으로 뻗은 가지 용틀임을 할 적마다
바람 속 둥글어진 세상 그 온기 따뜻하다

* 경기도 이천시 백사면 도립리에 있는 소나무. 천연기념물 제381호.

동궁과 월지에서

까칠한 가슴 안쪽 물오르는 겨운 봄날
풀벌레 울음소리 바람결에 묻어오고
물 위에 거꾸로 선 세상
동궁이 떨고 있다

부들 숲 어디선가 오리가 깃을 터는지
닫혔다 또 열리는 직선과 곡선의 변주
신라의 눈썹 끝에서
천년의 달이 진다

햇살처럼 넘쳐나는 역사의 문장들은
흩어진 시간을 모아 연못에 담아둔 채
버들잎 그림자들만
화랑무花郎舞를 추고 있다

초롱꽃

숲 어귀 새소리마저 목이 쉰 중골마을*
바람도 몸을 낮춰 계곡 따라 내려가고
길 잃고 포승에 묶인 문인석이 나뒹군다

풀비 스친 흔적마다 푸른 온기 묻어나는
해서체로 새겨놓은 타성바지 자식 이름
울 없는 황토집 뜨락 잡풀만 무성하다

살아서도 그늘만 밟은 구겨진 한생인데
무너진 봉분 위로 참나무가 자라난다
저물녘 이내를 걷는 초롱꽃이 애잔하다

* 서울시 은평구 진관내동 199 중골마을로 북한산 의상봉 등산의 기점이
되는 백화사 인근.

비둘기낭폭포

물소리도 숨 고르는 한탄강 단애 너머
울퉁불퉁 바위틈에 뿌리 내린 풀과 나무
한여름 더운 손길이
앞섶을 풀고 있다

세월의 탯줄인가, 피와 살이 꿈틀대는
태곳적 주상절리 양수를 다 쏟아낸 듯
돌이 된 함성 소리가
현무암에 흥건하다

만삭의 배를 안고 강줄기 거슬러 가면
바람처럼 스쳐 지난 시간이 고인 자리
머리 흰 비둘기 떼가
또 하루를 닫는다

우음도 코리아케라톱스

얼굴 맞댄 섬과 섬이 바닷물 밀어내고
해풍이 헤쳐온 길 빗살무늬 지문만 남아
빈 하늘 갈대밭 속에 젖은 눈빛 읽는다

엉킨 매듭 풀지 못해 당신 앞에 다가서도
시커먼 돌탑으로 풍문의 띠 칭칭 두른
우음도 코리아케라톱스 발자국만 어지럽다

용암이 솟구치듯 칼날 진 파도 소리
된바람에 밀려가는 저녁놀 깔고 앉아
내 안의 공룡 한 마리 부화를 꿈꾼다

파도의 안쪽

이랑마다 일궈놓는 바람 끝을 읽는 겨울
상처 난 파도 안쪽 그늘진 세월처럼
한 계절 시간을 되감아
집 한 채를 짓는다

싸늘한 수평선을 슬그머니 바라보며
갈매기 날갯짓에 섬이 된 구름 저편
한 사내 혀를 내차며
물방울을 털어낸다

생의 자취 출렁대는 파도 속에 뛰어들어
뒤엉킨 수많은 여울, 잠재우고 싶었을까?
당신의 갸름한 목덜미에
일기를 쓰고 있다

오죽헌

우연히 다시 만난 검은 대숲 길목에서
시계태엽 되감듯이 회리바람 서걱댄다
죽담 위 비질 자국이
획을 삐쳐 내리긋고

세월도 비켜 앉아 곧추선 가지마다
휘어진 산 그림자 초충도병* 그러안고
돌 틈새 비집고 나온
초록 죽순竹筍 돌올하다

오죽 뿌리 끝에 달린 한 사내 울음소리
다시금 되살아나 하늘 문을 열고 있나
햇살이 등을 척 굽혀
젖꼭지를 물린다

* 식물과 벌레를 그린 신사임당의 그림이 담긴 병풍.

순천만 갈대

땅과 바다 그 경계로
갯바람이 기웃댄다

물안개 스러지는
육탈의 순천만에

가을이 지휘봉 들고
펼쳐내는 갈잎 악장

벌새, 벌새

채찍 같은 바람 앞에 동아줄 움켜쥐고
고층 건물 허리춤에 대롱대롱 사는 사내
붉은 목 벌새 한 마리, 입김만이 하얗다

아득한 수직 벽을 쉴 새 없이 오르내리면
도시의 굽은 길도 허리를 곧게 펼까
세상에 흘린 발자국 닦고 또 닦아낸다

땀에 젖은 깃털을 노을빛에 씻어놓고
밤새워 신음해도 풀지 못한 하루치 매듭
첫새벽 어둠을 밀고 하늘로 날아간다

5부

비천도飛天圖

산과 골이 벽을 이룬 지상의 속도 바깥
살아서 꺾인 관절 곧추세울 틈도 없이
구름 속 넘나들면서
사뿐 딛는 저 춤사위

범종*의 어깨 위로 흘러내린 천의天衣 자락
가슴 빗장 가만 풀면 비파 소리 들리는 듯
영락의 빛줄기 속에
어른대는 여인이여

난데없이 작달비가 울음처럼 지나간 뒤
산문 밖 안개 걷히고 말갛게 씻긴 하늘
비구니 독경 소리가
풍경으로 걸려있다

* 강원도 평창 상원사의 동종銅鐘. 국보 제36호.

무영탑 또는 아사녀

바람의 손 맞잡는다, 창 너머 이는 안개
황톳빛 흙냄새를 동그랗게 감싸 안고
환하게 밝히고 싶어 등을 미는 낯선 어둠

물무늬 선을 긋는 푸른 달빛 지고 와서
벗기고 또 벗겨서 민낯 달군 아린 살내
정 소리 앙가슴 찍는 금단의 사랑이여

붉은 꽃잎 건져내듯 처연한 바람 소리
꽃별 무리 내려앉아 밤새도록 기도해도
무영탑 거꾸로 설까, 초승달도 갸웃댄다

하늘 문 열어놓고 경전을 읽고 있나
탑을 쌓은 그리움이 겹겹이 자리 잡고
신라의 갈맷빛 하늘 초록 불씨 지핀다

이천 백송*

안개 같은 봄비가 잠든 산을 깨운다
굽은 등 일으키며 바늘잎 다시 세울 때
거친 숨 몰아쉬듯이
바람을 타는 나무

아카시아 으늑한 길 둥지 튼 척추 마디
서걱대는 갈대의 말 깁스로 동여놓고
하얗게 제 몸을 씻는
한 사내가 거기 있다

* 경기도 이천시 백사면 신대리에 있는 소나무. 천연기념물 제253호.

금구원
– 김오성 조각가

파도가 밀어 올린 변산반도 금구원 조각공원
별도 잠든 어둑새벽 화톳불 지펴놓고
저 홀로 하늘 우러러 아침 여는 손이 있다

서릿발 여물어도, 뭇발길 스쳐 지나도
돌 속의 별을 쪼아 천녀天女를 깨우는 이
흩어진 노을의 말을 멧새가 물고 온다

돌비늘 튕겨버리고 마음으로 그리는 선
힘줄 툭 불거진 팔 허공을 겨냥할 때
한 사내 정 치는 소리
하늘 쩡! 가른다

고깔탑*을 만나다

하루 종일 널 꿈꾸며 중세로 달려간다
물고기 널어 말리던 광장은 북적이고
누군가 도나우강에서
저녁놀을 긷는다

돌 틈에 피어난 꽃 고개를 길게 빼고
사각의 창문 너머 말발굽 소리 엿듣는가
쭉 곧은 회랑을 따라
제 키를 늘이는 빛

벽 속에 쌓여있는 얼룩진 한 세월이
남겨진 기억들을 성벽 위로 떠다밀 때
둥 둥 둥
둥근 북소리
탑을 감싸 안는다

* 헝가리 부다페스트에 있는 요새. 7개의 고깔탑은 7개의 부족을 상징한다.

정변야화*
－우물가의 밤 이야기

오월 중순 보름달이 무르익은 이슥한 밤
돌 틈 열고 얼굴 내민 보랏빛 철쭉꽃은
한 사흘 바위에 기대 이슬을 머금고 있다

엇박자 방망이 소리 불가해의 길을 내듯
두레박 끈을 붙잡은 턱을 고인 여인이여!
이 세상 얼어붙은 우물가 꽃불이 타오른다

달빛에 젖은 몸을 한껏 낮춘 시간에도
입술로 써 내려간 물동이 속 여인의 삶
저 양반 헛기침하며 담 너머를 기웃댄다

* 조선 후기의 화가 신윤복(1758~1814)의 그림.

열초산수도*

첫새벽 벼룻돌에 정화수로 먹을 간다
가만히 귀 대보면 옅은 숨결 들린다지
한 획을 내리긋다 문득, 찍어내는 먹빛 혼

한 쌍의 청둥오리 겨운 졸음 털어낼 즈음
비상을 꿈꾸는가, 땅을 차는 저 날갯짓
켜켜이 배어들었던 짙은 묵향 번져간다

손끝 세운 옥판선지 점 하나 찍어 올려
벼루못沼 맥동하듯 살아 뛰는 열수 위로
희부연 어둠을 뚫고 황조롱이 날아든다

* 다산 정약용(1762~1836)이 말년에 고향인 경기도 남양주시 능내리 열수
(한강)에서 그린 그림.

배다리

강물 소리 뒤척대는 두물머리 땅끝에서
북한강과 남한강이 귀엣말을 속삭인다
옛 나리 헛기침 소리
배다리에 묻어있다

연꽃은 제 아픔을 연밥 속에 밀어 넣고
시간의 물결 거슬러 흰 구름 쫓아간다
물 위에 출렁대는 세월
별빛처럼 띄워놓고

세미원 백련지에 한 획을 긋는 물새
좀처럼 떨어지지 않는 역병과 동행하며
어깨와 어깨를 맞댄
배의 등이 환하다

피오르 사운드

해무가 다가선다, 가랑비에 젖은 오후
살 에는 바람에도 햇살 한 줌 찾으려고
고래의 울음을 따라 바다로 나간 사내

일자로 쏟아지는 폭포의 껍질 벗겨
산허리 금 가도록 아프게 길을 낼 즈음
협곡에 하루를 푸는 손가락이 시리다

어둠 깔린 물길 위에 등불 하나 내걸면
제 자취 씻고 있는 희미한 북극 노을
무채색 판화의 시간, 바람 소리로 부서진다

임진강 물무늬

정수리에 맺힌 언어 바람이 몸 뒤집는
등 굽은 임진강도 제 아픔 풀지 못해
검붉은 저녁노을만
도라산에 풀고 있다

가누지 못한 분노 찢긴 채 얼어붙고
날이 선 칼바람이 겨울 강을 가로지른다
철새들 젖은 울음이
귓가에 메아리친다

낡고 해진 수건 한 장 철길 위에 접어두면
북녘 하늘 별빛 신고 새벽 기차 달려올까?
숨죽인 암구호 소리
강물도 목이 멘다

바리데기*

새벽바람 전갈자리 어둠을 밀어내고
오랜 잠의 옷섶에서 빠져나온 순한 꿈들
팽나무 가지 훑으며 숲 뒤로 사라진다

불 꺼진 도시의 변방 하루가 버거운 밤
울어대는 아이 입술 젖병을 물릴 무렵
별은 또 깜박거리며 하늘에 촛불을 켠다

눈물을 끌고 가는 하루치 걸음 밖에
종이 벽에 점도 찍고 울타리를 만들어도
좀처럼 잊힐 리 없는, 피를 섞는 사랑아

마음 비탈 가까스로 떠도는 하늘가에
어둠의 홑이불을 덧대고 꿰맨 자리
서로가 부둥켜안은 길이 또 엇갈린다

* 오구굿에서, 죽은 사람의 넋을 저승에 보낼 때에 무당이 부르는 노래.

수중 전시회

우뚝 선 바위처럼 야사野史가 박혀있다
창이 꽂힌 짐승의 등 쫓고 쫓는 사람들
태평양 바다의 울음 골짜기에 홍건하다

옹이 같은 여울에도 물고기자리 별은 뜨고
선사의 그림자가 고래 떼를 몰고 올 때
반구대 암벽 아래로 한 시대가 눈을 뜬다

매미성*

허리춤을 후려쳐도 웃고 있는 성이 있다
깎아지른 절벽 위에 진경산수 걸어두고
파도의 혓바닥 앞에
돌로 담을 쌓는다

높고 낮은 음표들이 태평양을 평정할 때
물보라 솟구치며 정수리를 할퀸 자리
매미도 허물을 벗고
어디론가 날아가고

태곳적 바다 울음 땅끝에 묻고 싶어
늦도록 웅성대는 샛마파람 밀어들이
별똥별 무동을 타고
초록 시詩를 짓고 있다

* 경남 거제시 장목면 대금리 소재. 2003년 태풍 '매미'로 경작지를 잃은 백
순삼 씨가 자연재해로부터 농작물을 지키기 위해 20년 넘게 홀로 쌓아 올
린 성채.

빗살무늬 토기

시간의 잔금 같은 빛바랜 저 지문들
황사 바람 굵은 줄기 뿌옇게 쓸고 간 뒤
한 사내 주름진 얼굴
생채기가 뚜렷하다

빈 수레 덜컹대며 한강 둔치 휘휘 돌아
물줄기 맥박 따라 끊어질 듯 이어진 길
이제야 가늠해 본다
아버지의 빈 술잔

숨 가쁜 하루하루 후렴조로 뱉는 숨들
좁디좁은 바닥 딛고 몸을 바로 세울 때
잊혔던 선사의 달빛
빗살 환히 밝힌다

당간

동안거에 드는 산이 물소리로 울고 있다
남모를 아픔 하나 허공중에 흩어놓고
세월의 다비를 하듯
식은 해를 되작인다

열두 폭 병풍 같은 등마루를 넘고 넘어
좌대 같은 바위 위에 가득 피운 연꽃 송이
처마 끝 풍경 소리에
절이 혼자 저문다

떠나가신 어머님의 미소도 다 지우고
눈 감아야 보인다는 당간 위 젖은 수건
촛불도 어둠 속에서
눈물 뚝뚝 흘린다

무저갱 속 춤추는 벌새

이송희 시인

1

장은수 시인의 시에는 소멸하거나 잊혀가는 존재들에 관한 애틋하고 애처로운 시선이 머물러 있다. 그것은 단순히 '슬픔'이라는 감정을 넘어 내면화의 과정 혹은 일정한 거리 두기를 통해 소멸하거나 죽어가는 생명에 대한 연민과 사랑을 환기한다. 소멸 혹은 죽음은 어떤 특정한 개인에게만 닥치는 숙명이 아니라 누구나 겪을 수밖에 없음을 인지하게 될 때 우리의 문제로 받아들일 수 있는 것이다. 장은수 시인의 시집에서 유독 많이 등장하는 가을과 겨울이라는 계절적 배경과 해 질 무렵 혹은 밤의 이미지는 위태로운 길을 걷는 이들의 발과 주름진 시간을 구체화하는 기제로 작용한다. 가을은 곡식이나 열매를 거둬들이는 계절이면서 한편으로는 잎이 지는 상실과 소멸의 계절이라는 점에서 해 질 무렵의 풍경과 닮았다. 또한 겨울은 종자를 보존하기 위해 양분을 저장하며 부활과 재생을 준비하는 계절이지만, 춥고 어두운 속성이 있어 밤의 이미지와 닮았다.

장은수 시인은 우리 앞에 쉽게 모습이 드러나지 않는 존재들을 주체의 곁에 앉히며 그들의 삶을 통해 우리 자신을 비춰보게 한다. 그리고 스스로를 향한 다짐 혹은 당부를 이어간다. "식어가는 심방마다/ 왕소금 뿌려가며// 거품 문 세상을 향해/ 파도 소리 되작이며", "내 가슴 깊은 곳에/ 소금 창고 짓고 싶다"는 열망을 「소금인간」이라는 시를 통해 고백한다. 들고 나는 파도의 속성은 심장이 팽창과 수축을 반복하며 온몸에 혈액을 돌게 하는 펌프질과 닮았다. 그렇다면 파도도 일종의 펌프질을 하는 것으로 볼 수 있는데, 이 생명이 살아 움직일 수 있게 하는 '펌프질'의 연료가 소금이다. 시인은 세상에 헌신 혹은 봉사하는 '소금인간' 같은 존재가 필요함을 시사한다. 코시안Kosian들이 아버지의 나라에 정착해 살고 있는 모습을 그린 「이슬 사다리」에서처럼 "낯선 땅 너덜경에 촉을 틔운 홀씨 하나"를 품는 것도 우리의 역할임을 그는 안다. "폭풍우 가로지르는 어둠의 귀퉁이에서/ 흐린 눈빛 담금질로 재촉하는 삶의 행로"(「뭍으로 오는 배」)를 찾아가는 뱃사람들도 매일의 삶을 길어 올리는 우리의 이웃임을 기억한다.

　새벽녘 집어등을 켜고 나간 배가 뭍으로 돌아오기까지의 풍경은 "고층 건물 허리춤에 대롱대롱 사는 사내"(「벌새, 벌새」)가 아파트 외벽을 도장塗裝하거나 청소하는 작업과 무엇이 다를까. "부서진 삶의 조각이 파일을 다독이며/ 눈사람 서있듯이 곱은 손이 시려오면/ 하늘가 햇살 한 줌이 압축을 풀"(「겨울 파일」)어준다는 생각으로 우리는 이 시련을 더 견뎌낼 수 있다. 장은수 시인은 혹독한 겨울을 이겨내고 생명이 움트려는 초봄의 이미지를 그린다. 장은수 시인의 시집은 평범한 듯 익숙한 우리의 일상과 풍경을 읽어내면서 우리가 무심코 지나치기 쉬운 그 짧은 순간을 오래 응시하는 애잔한 눈빛으로 가득하다. 그러나 그의 언어는 섣불리 감정을 드러내지 않고 일정 부분 간격을 유지하며 때로는 냉정하고 날카롭게 대상을 마주한다. 그것은 모든 현실이 '나'의 이야기이면서 '우리'의 삶이라는 인식에서 비롯된다. 지상에 머무는 이 모든 순간은 우리가 지켜내고 감내해야 하며 더불어 품어야 할 삶의 한 단면이라는 것을 알고 있기 때문이다. 그런 까닭에 장은수 시인은 "그 방에 빗장 걸고 모래탑만 쌓던" 이들에게 "오롯이 화판 밖으로 한 발을 내디"(「사막 탈출」)딜 수 있는 용기를 부여해 볼 수 있는 것이다.

2

　　지하철 환승 통로 계단 바삐 내려갈 즈음
　　누군가 내 손을 툭 치고 지나간다
　　엇갈린 몸과 몸 사이 핸드폰의 비명 소리

　　폰 속엔 언제부터 거미가 살고 있었나
　　액정화면 가득 덮은 새하얀 거미줄들
　　세상사 얽히고설킨 그 무엇을 증거하나

　　금이 간 틈새 너머 풍경도 깨져 보이고
　　주고받는 말과 글도 굴절된 허상 앞에
　　아득한 미로에 빠져 가는 길을 잃었다
　　　-「핸드폰 속에 거미가 산다」전문

　이 시는 "지하철 환승 통로 계단"을 바삐 내려가는 중에, 누
군가 주체의 손을 툭 치면서 "엇갈린 몸과 몸 사이 핸드폰"이
떨어지는 상황으로부터 시작된다. 주체는 금이 간 핸드폰 액정
화면을 보며 거미줄처럼 얽히고설킨 세상을 읽는다. 깨진 액정
으로 보는 세상이야말로 진정성이 결여된, 피상적이고 형식적
인 오늘의 자본주의적 삶을 증언하는 것은 아닐까. 현대사회

에서 핸드폰은 세상과 소통할 수 있는 중요한 수단이며 도구인데 액정이 박살이 난 탓에 주체는 아득한 미로에서 길을 헤매는 중이다. 거미는 소통을 막는 장애물로 현대를 살아가는 주체에게 단절의 원인을 제공한다. "금이 간 틈새 너머 풍경도 깨져 보이고" "말과 글도 굴절"되어 보이듯 깨진 거울로 세상을 보면 대상이 깨져 보이는 것은 당연하다. 핸드폰이 깨지지 않았을 때 보았던 세상이야말로 편견이 없었는데, 누군가에 의해 핸드폰이 깨져 거미줄이 생기면서 편견은 싹튼다. 거미줄은 내가 세상을 보는 좁은 시선이며 관점이고 선입견일 수 있다. 이런 좁은 시선으로 세상을 보면 길을 잃거나 헤맬 수밖에 없지 않을까? 거미줄이 세상을 잘못 보게(받아들이게) 만들기 때문이다. 자신에게서 문제를 찾지 못하고 외부에서만 문제를 찾으면 문제는 보이지 않고 해결은 쉽지 않게 된다. 자신이 쓴 색안경을 벗기 전에는 세상과의 진정한 소통을 기대하기 어렵다.

우리가 세상을 보는 이기적이고 자기방어적인 태도는 코로나19 시절을 지나면서 더 분명해지기도 했다. 코로나19 시절 우리가 마스크를 쓴 이유는 일차적으로 자신이 감염되기 두려워서였고, 이차적으로는 누군가를 감염시키는 주체가 되지 않기 위해서였다. 그래서 사람들은 의도하지 않게 빗장을 걸고 고립을 선택하며 스스로를 소외했다. 「마스크의 안쪽」에서 보여주듯 "얼굴에 복면을 한 사람들이 서성"대는 공간, "숨소리

만 주고받는 아파트 엘리베이터"에는 "층층이 섬이 된 집들"이
"서둘러 빗장"을 걸기에 바빴다. "바사삭 부서진 일상"을 "병명
처럼 읽고 있"(「거리 두기」)는 우리는 누구를 위해 존재했던 것
일까. 감염의 두려움으로 인해 마음까지 거리를 두는 안타까운
현실이 이기적인 세태를 부추기는 요인이 되었을지 모른다. 자
기만을 위한 시각은 '메타버스' 등의 가상공간에서 더욱 활발
하게 드러난다.

디지털 공간 한쪽 둥근 지구 쏘아 올려
대륙도 바닷물도 사고팔 수 있다네요
지구촌 평균 땅값이 100m²당 0.1달러

바람이 삐걱대며 차별화를 시키더니
미국 땅은 50달러, 한국 땅은 10달러
세상이 장난 같지만, 주책없이 진지해요

에펠탑 꼭대기에 등기소가 문을 열고
쪽빛 행보 잠시 멈춘 허물어진 폼페이에
활화산 검은 연기가 섬과 섬을 안고 있죠

백두산 천지 물이 이랑마다 앓는 소리

어금니를 깨물면서 진검승부 펼치나요?
온종일 마우스 안쪽 메타버스 누비면서
-「어스2」 전문

메타버스metaverse 시대가 도래하면서 우리는 가상공간에
다양한 이름과 모양avatar으로 거주하며 실시간으로 자산資産
을 불리고 거래하는 새로운 패러다임을 형성한다. 이 시는 디
지털 공간에 만들어진 지구 안의 여러 모습을 그리면서 특히
가상 토지 투자 공간 '어스Earth2'의 내부를 형상화한다. "대륙
도 바닷물도 사고팔 수 있"는 이곳에서는 "지구촌 평균 땅값이
100㎡당 0.1달러"다. 온라인 공간에 구현한 가상 지구에서는
가로세로 각 10m 크기로 구획된 면적의 부동산을 자유롭게 사
고팔 수 있는데 뉴욕, 파리, 서울 등의 명소는 2020년 말에 비
해 가격이 수십 배가 오를 정도로 인기를 끌고 있다고 한다. 부
동산 "바람이 삐걱대며 차별화를 시키더니" 금세 "미국 땅은 50
달러, 한국 땅은 10달러"가 된다. 장난 같지만 모두가 진지하다
는 말에 "주책없이"라는 수식이 따라붙는 것은 스스로도 이 상
황이 우스꽝스러운 '놀이'에 가깝다는 것을 인지하고 있다는
것을 증명한다. 시인은 이 세계에서 더 비싼 부동산을 더 많이
확보하는 것에 대해 "어금니를 깨물면서 진검승부 펼치나요?"
라고 반문하며, 거짓으로 꾸며진 세계(메타버스)에 지나친 애

착이나 미련을 갖지 않기를 바라는 듯하다. 가상공간, 즉 엉뚱한 곳에서 진검승부를 펼치는 것이 무슨 의미가 있는지 의문스러운 것이다. 실재하지 않는 허상을 좇는 현대인의 삶을 보여주는 것만으로도 이 시는 주제를 드러내기에 충분하다. 가상공간에서 경쟁을 한다는 것 자체가 부질없는 일이다. 우리는 우리가 살고 있는 실재에 주목해야 할 것이다.

3

낙타의 등을 타고 고비사막 들어선다
언덕을 넘어가면 다른 세상 있을 거라고
바람이 속삭인 말이 하르르 구른다

움켜쥔 손을 따라 발목까지 차오르는
황금색 모래알이 태양을 굽는 시간
무저갱 샌드아트 속 우두커니 홀로 선다

밤하늘 언저리가 하얗게 물이 들고
그 방에 빗장 걸고 모래탑만 쌓던 내가
오롯이 화판 밖으로 한 발을 내디딘다

주체는 "낙타의 등을 타고 고비사막"에 들어선다. "무저갱 샌드아트 속 우두커니 홀로" 서 있는 고통을 견딜 수 있는 건 "언덕을 넘어가면 다른 세상 있을 거라"는 희망 때문이다. 사막의 뜨거운 열기는 마치 "황금색 모래알이 태양을 굽는" 모습으로 형상화된다. "움켜쥔 손을 따라" 펼쳐진 모래밭은 샌드아트 sandart로 은유된다. 사막은 밤낮의 일교차도 크고, 인적도 드물고, 물도 귀해서 그야말로 안락한 생존을 보장받기 어려운 곳이다. 그러나 사막을 통과하는 이 과정을 거치지 않으면 삶에서 중요한 것이 무엇인지를 놓칠 수 있다. 주체는 생존을 위한 최악의 환경 속에서 생존의 필수 조건을 깨닫게 된다. 황야에서 40일간 홀로 시간을 보내야 했던 예수는 사탄의 세 차례나 되는 시험에 들기도 하였으나, 이 고독하고 힘겨운 시간을 지나오면서 '신성神性의 깨어남'을 체험한다. 무저갱無底坑의 샌드아트 속에 홀로 있으면서도 더욱더 안전한 삶의 조건을 충족할 수 있다는 걸 깨닫는 순간이다. 이 시는 어려움을 깨달아야 주변의 소중함을 알 수 있다는 의지와 욕망으로 충만하다.

백치가 환히 웃듯 가로등이 점등되고
비닐 덧댄 길모퉁이 구부정 굽은 허리

허기진 해름 녘 너머
개밥바라기별이 뜬다

긴 불경기 반토막 난 일자리를 찾는 행렬
온종일 다리품 팔고 빈손으로 모여들어
꼬리 문 밥퍼 줄 끝에
가랑잎으로 펄럭인다

손사래 담쟁이넝쿨 점점 길어 휘어진다
바늘귀 꿰는 실처럼 순하게 고개 숙인 날
떨리는 수저를 드는
식물성의 둥근 시간
   ―「바늘구멍 꿰는 가을」 전문

　장은수 시에는 가을이나 겨울 이미지가 많이 등장한다. 해
질 무렵과 밤의 이미지도 진하게 깔려 있다. 대체로 이런 시
간적인 배경은 '소멸과 죽음'의 이미지를 지속적으로 환기한
다. 감춰져 있고 어두운 영역과 연결되다 보니 상실감과 박탈
감, 아니면 죽음을 어쩔 수 없이 받아들여야 하는 번뇌의 정서
가 담길 수밖에 없다. 이 시에는 일자리를 쉽게 구하지 못하고
먹고사는 것이 힘들어 무료급식소에 줄을 서 있는 모습이 담

겨 있다. "비닐 덧댄 길모퉁이 구부정 굽은 허리"라든가 "허기진 해름 녘 너머" 등은 열악한 주체들의 삶을 구체적으로 환기한다. "긴 불경기 반토막 난 일자리를 찾는 행렬"은 끝이 없고, "온종일 다리품 팔고 빈손으로 모여"드는 현실만 돌아올 뿐이다. 그런데 그 와중에 가랑잎이 펄럭이다 떨어진다. 식물들도 나이를 먹으면 잎사귀도 가지도 떨어지고 말라 고개를 숙인다. 허리가 구부정해지고 손도 머리도 떨리는 이들은 정상적인 경제활동을 할 수가 없는데, 살아야 하니 무료급식소에 와서 밥이라도 먹는다. 잎사귀도 사람도 둥글게 말리며 말라가는 모습 자체가 소멸의 시간임을 알려준다. 누구나 소멸의 시간을 맞게 된다는 성찰이 가을의 이미지로 깊어진다.

거실에 쪼그려 앉아 발톱을 깎다 말고
발등에 눈물 한 방울 남몰래 툭! 떨군다
멍이 든 새끼발톱에
돌멩이가 박히듯

무거운 몸뚱이로 세상 길목 떠받치고
이지러진 온박음질 그 내력을 읽어간다
지금껏 달려왔는가
내려앉아 짓무른 발

겨울이 아침 창가 성에꽃 피워낼 때쯤

비좁은 골목 안쪽 오롯이 갇힌 남자

돌 속을 비집고 나온 나비

바람 설법 듣는다

　－「새끼발톱」 전문

　엄청난 압력에 의해 짓눌리고 밟히며 살아온 남자의 삶이 "멍이 든 새끼발톱"으로 구체화된다. "무거운 몸뚱이로 세상 길목 떠받치고/ 이지러진 온박음질 그 내력을 읽어"가며, "지금껏 달려"오다 "내려앉아 짓무른 발"은 사내의 발이면서 노동자의 험난한 발이다. 그동안 자신을 혹사하며 스스로에게 너무 무심했던 것 아닌가. 잔뜩 긴장하며 힘을 쓸 때는 몰랐던 통증을 느끼며 혹독하게 몸을 부린 자신을 마주한다. "돌 속을 비집고 나온 나비"가 "바람 설법"을 듣는다는 마무리는 한 단계 더 진보한, 즉 승화된 존재로 거듭난다는 의미도 있겠지만 고통과 질병의 과정이 불가피하다는 의미이기도 하다.

채찍 같은 바람 앞에 동아줄 움켜쥐고

고층 건물 허리춤에 대롱대롱 사는 사내

붉은 목 벌새 한 마리, 입김만이 하얗다

아득한 수직 벽을 쉴 새 없이 오르내리면
도시의 굽은 길도 허리를 곧게 펼까
세상에 흘린 발자국 닦고 또 닦아낸다

땀에 젖은 깃털을 노을빛에 씻어놓고
밤새워 신음해도 풀지 못한 하루치 매듭
첫새벽 어둠을 밀고 하늘로 날아간다
　－「벌새, 벌새」전문

　고층 건물 외벽을 청소하는 사내를 벌새에 은유한 시다. 벌새는 날아다니는 힘이 강해서 벌처럼 공중에 정지하여 꿀을 빨아 먹는 속성이 있다. 1초에 평균 55회의 날갯짓을 한다는 것은 그만큼 힘겹게 생을 살아간다는 것을 의미한다. 벌새는 지구 역사상 가장 작은 새이자 가장 작은 공룡이라고 표현한다. 빠른 날갯짓 소리가 허밍을 하는 소리와 비슷하다고 하여 허밍버드hummingbird라고도 한다. 제한 없는 초월적 자유 비행이나 작고도 빠른 날갯짓의 이상理想을 비유할 때 흔히 벌새를 찾는다. 벌새는 현대 기술로도 구현이 어려운 구조와 신체 능력으로 자유로운 비행 기술 하나만큼은 압도적인 역량을 보여주고 있기 때문이다. 고층 빌딩 외벽에 매달려 청소하는 사내의 손짓이

벌새의 고단한 날갯짓과 닮았다. 해가 질 때까지 계속되는 이
날갯짓을 우리는 기억해야 한다.

4

시간의 잔금 같은 빛바랜 저 지문들
황사 바람 굵은 줄기 뿌옇게 쓸고 간 뒤
한 사내 주름진 얼굴
생채기가 뚜렷하다

빈 수레 덜컹대며 한강 둔치 휘휘 돌아
물줄기 맥박 따라 끊어질 듯 이어진 길
이제야 가늠해 본다
아버지의 빈 술잔

숨 가쁜 하루하루 후렴조로 뱉는 숨들
좁디좁은 바닥 딛고 몸을 바로 세울 때
잊혔던 선사의 달빛
빗살 환히 밝힌다
　－「빗살무늬 토기」 전문

113

빗살무늬 토기는 신석기시대, 인류가 정착 생활을 시작해 농사를 지으면서 함께 등장했던 유물이다. 씨앗과 곡물을 저장하고, 음식을 조리할 때 필요했기에 빗살무늬 토기가 만들어졌다. 이 시는 토기의 빗살무늬를, 한 사내의 '주름진 얼굴의 생채기'에 빗대서 표현하고 있다. 그 사내가 아버지라는 것은 두 번째 수에 오면 자연스럽게 알 수 있다. "빈 수레 덜컹대며 한강 둔치 휘휘 돌아/ 물줄기 맥박 따라 끊어질 듯 이어진 길"을 보며 주체는 "이제야 가늠해 본다/ 아버지의 빈 술잔"의 의미를. 아버지가 무엇을 했는지에 대한 정보는 정확하게 제시되어 있지 않지만, 곳곳을 돌아다니면서 온갖 풍상을 다 견디며 자신을 키운 존재임을 알 수 있다. 그 고통의 순간을 술로 다스렸던 것은 아닐까. 신석기시대 사람들의 고단한 삶의 문양이 고스란히 반영된 빗살무늬 토기는 아버지의 힘겨운 삶을 드러내는 매개체로 기능하며, 아버지의 주름진 시간을 더 자세히 돌아보게 한다. 노년의 아버지에 대한 애잔함은 독거노인의 집 청소라는 사회문제로 확장된다.

어둠 속에 옹송그린 독거 생활 시간 저편
오래전 미라처럼 그 흔적 더듬지만
녹이 슨 벽시계 초침이 헐떡이며 가고 있다

이리저리 부대끼는 생존의 시간들이

내 몸 안에 새겨놓은 얼룩들을 그러안고

길 없는 비탈에 서서 삶의 더께 지운다

주름진 손의 지문 소파 등에 선명한데

적막한 동심원에 섬 한 채를 끼워 넣어

함께 흰 물 빠진 황혼 움푹 꺼진

늙은 시간

　-「소파를 청소하다」 전문

　살아갈 시간이 얼마 남지 않은 독거노인을 오래된 소파에 비
유한 이 시에서도 노년의 슬픔이 만져진다. 소파도 독거노인만
큼이나 나이를 먹었다. "어둠 속에 옹송그린 독거 생활 시간 저
편", "오래전 미라처럼 그 흔적 더듬지만/ 녹이 슨 벽시계 초침"
은 헐떡이며 갈 뿐이다. "이리저리 부대끼는 생존의 시간들이"
역력한데, 노쇠하고 숨 가쁜 상황을 드러내는 "녹이 슨 벽시계"
가 헐떡이며 가는 상황은 힘겨울 수밖에 없는 노년의 삶을 구
체화하며 사회적 슬픔을 더욱 가중한다. 주체는 소파에 남은
"주름진 손의 지문"을 읽으며 움푹 꺼진 시간을 정리한다. 그것
은 "적막한 동심원에 섬 한 채를 끼워 넣"는 행위와 "흰 물 빠진

황혼"과 "움푹 꺼진" 이미지로 구체화되면서 늙은 시간으로 수렴된다. 흘러간 시간을 되돌릴 수 없음을 안타까워하면서도 살아서 더 어찌하지 못하는 슬픔이 있다. 「임진강 물무늬」를 읽으며 역사의 아픔이 담긴 경계선에 서본다.

정수리에 맺힌 언어 바람이 몸 뒤집는
등 굽은 임진강도 제 아픔 풀지 못해
검붉은 저녁노을만
도라산에 풀고 있다

가누지 못한 분노 찢긴 채 얼어붙고
날이 선 칼바람이 겨울 강을 가로지른다
철새들 젖은 울음이
귓가에 메아리친다

낡고 해진 수건 한 장 철길 위에 접어두면
북녘 하늘 별빛 싣고 새벽 기차 달려올까?
숨죽인 암구호 소리
강물도 목이 멘다
 -「임진강 물무늬」 전문

임진강이 북한과 마주하고 있는 경계에 놓인 비무장지대의 강이다 보니, 우리는 이 강을 넘나드는 바람과 철새 등을 보며 많은 생각을 품게 된다. 강물은 흐르는 존재이며 철새는 남북을 자유롭게 오가는 존재들인데, 분단 상황은 더욱 고착화되어 가는 것에 대한 안타까움과 슬픔이 있다. 남북을 잇는 철길은 한국전쟁 이후 끊겼고, 우리는 여전히 휴전 중이다. 단순한 분단 상황이 아니라 아직도 전쟁이 끝나지 않는 휴전 상태임을 기억해야 한다. 언제 다시 전쟁이 발발할지 모른다는 불안과 두려움이 늘 도사리고 있는 이유다. 독일이 통일이 가능했던 여러 이유 중에 하나는 분단이 되었으나 적어도 같은 민족끼리 싸우지는 않았기 때문이다. "북녘 하늘 별빛 싣고 새벽 기차 달려올" 날을 꿈꾸며 조국의 상황에 대한 안타까움을 임진강의 물무늬와 철새들의 젖은 울음으로 표현하고 있다.

5

스산한 바람들이 몸을 떠는 긴 겨울밤
억새 무리 붓을 세워 허공을 젓고 있다
간간이 눈발이 치는
희끗한 여백 위로

괴발개발 흘림체로 써 내린 관념의 붓질

메마른 낡은 세월 애무하듯 다독여도

난해한 그 상형문자

획이 너무 가볍다

아직도 탈고 못 한 비밀스러운 문장인가

쏟아지는 불립문자 억새밭에 묻어놓고

포르릉 날아오른다

수천수만

새 떼들

　－「캘리그래피 억새밭」 전문

　겨울은 재생과 부활을 기다리는 혹독하고 괴로운 인내의 계
절이다. 그래서 겨울은 어떤 활동을 시작하기보다 참고 기다
려야 하는 시간이기도 하다. 억새는 붓의 형상을 띠고 있어 바
람에 흔들리는 모습이 마치 허공에 무언가를 그리고 있는 듯이
보인다. 억새는 "간간이 눈발이 치는/ 희끗한 여백 위로// 괴발
개발 흘림체로 써 내린 관념의 붓질"을 선보인다. "아직도 탈고
못 한 비밀스러운 문장"지, "쏟아지는 불립문자 억새밭에 묻
어놓고" 수천수만 새 떼들은 날아오른다. 불립문자不立文字는

언어로는 전달할 수 없는, 깊고 넓고 형이상학적이며 추상적인 깨달음을 가리킨다. 종교적인 깨달음은 문자로 전하기 어렵다는 것이다. 가장 중요한 진리는 말과 글을 통해 전해줄 수가 없다. 스스로 직접 깨닫지 않고는 방법이 없다. 참된 깨달음은 마음에서 마음으로 전달되는 것이므로 그것은 말과 글로 전달되지 않기 때문이다. 새 떼들이 계속 움직이니 상형문자는 난해할 수밖에 없다. 말 그대로 불립문자가 되는 것이다.

장은수 시인은 푹 꺼진 소파를 청소하며 늦은 시간을 만나면서, 압록강 새 떼들의 자유로운 날갯짓을 보면서, 온갖 고통과 수난을 감내해 온 아버지의 빈 술잔을 채우면서 경험과 성찰이야말로 불립문자임을 알려주는 듯하다. 핸드폰의 깨진 액정으로 세상을 바라본다면 세상은 마냥 삐뚤어져 보일 것이다. 자신의 행불행의 조건은 같은 대상을 보아도 어떻게 받아들이느냐에 따라 달라진다. 장은수 시인은 군더더기 없는 말끔한 화법과 이미지를 구사하며 자연스럽게 우리를 고비사막으로, 빌딩 숲으로, 폭풍우가 몰아치는 바다로 안내한다. 그리고 아파트 외벽을 오르는 사내와 조업을 마치고 뭍으로 돌아오는 배를 비롯한 삶의 모습을 보여준다. 그렇게 삶은 살아지고, 살아낸 자의 몫이 된다는 것을 우리로 하여금 몸소 깨우치게 한다. 장은수 시인의 언어가 친근하고 애잔하면서도 긴장감이 느껴지는 이유다.

마지막으로 힘든 시기를 살아내는 우리 민초의 강력한 생명
력과 생의 의지를 흰 소에 빗대어 보여준 「흰 소」의 일부를 인
용해 본다. 우리나라는 건국 이래로 외세 침략을 줄잡아 970번
정도 당했다고 하는데, 매번 이 국난을 이겨낼 수 있었던 것은
권력자나 지배 계층이 아니라 여리지만 모이면 강인해졌던 민
초들이 있었기 때문이다. 힘을 모아 참고 견디고 악착같이 버
텨서 국난을 이겨낸 민초들의 모습은 마치 흰 소와 닮았다. 낮
고 비좁은 곳에 있지만 그들이 있기에 우리도 존재한다는 믿음
과 확신이 장은수 시인의 시를 탄탄하게 받쳐주는 듯하다.

　　거죽 위로 돋은 뼈가 뿔이 되어 솟아날 즈음

　　온몸의 허기를 털고 바라는 물 한 모금

　　온 들판 비가 내린다, 초록 펄펄 살아난다
　　　-「흰 소」 부분